蘇菲

SOPHIE'S FANTASTIC VOYAGE

序

各位親愛的讀者，感謝您們購買《蘇菲的奇幻之航》第二集。

今次藉由《錦繡山河》，我希望表達出自己對「家國故鄉」的情懷與理想，從而帶出一個長久深植於我心中的信念：薪火相傳的希望。

最初的靈感，出自我本身的經歷：我曾有長達十年的時間遠離香港。

在異地留學的日子裏，我以「外來者」的身份學習，以期更溶入當地人的生活中。期間，除了感受到世界之廣，以及不同程度的文化衝擊外，這段經歷更再三促使我思考：「我」之於廣大世界竟是如此渺小，我究竟能以甚麼立足於世、確立自我價值呢？

從而，「家國故鄉」這一概念對我這個長年的漂泊者來說，有如海上燈塔，使我尋得定點——「家國故鄉」並非僅是地圖上的一點，而是概括了我出生與成長的背景和經歷，同時賦予「我」身為個體的獨特性，以及之於群體中的歸屬感。

在《錦繡山河》中，我以「織繡品」來形象化這個概念，但這一切其實都深植於我們心中。

有曰「生於斯、長於斯」，我之所以為「我」，當中有故鄉文化的薰陶，有前人努力耕耘下、代代承傳的智慧與文明之果。這一切使得我能夠活在當下的世界裏，出生、成長以及接受教育，進而成為如今獨一無二的「我」。

「家國故鄉」是我的精神內核，是我心中的樂土，它象徵着「我」的根本——哪怕「我」再渺小，但依舊獨特；哪怕生命終將消亡，我卻會給後人留下耕耘一生的成果，他們將活在我與無數人一起創造的歷史裏，邁向未來。

這亦是我希望藉由《錦繡山河》傳遞的信念與堅持。

所以，當您們看完這個故事，或許會感到它不盡如人意，比如逝者終歸塵土，失去的永不復返。然而，比起灰敗和絕望，我更希望您們能從中得到啟發，從而在這個不甚完美的世界中、在每個艱難的時刻裏，堅持希望、展望未來。

縱然在生命最困難的日子中，切勿忘記心中那片永恆不滅的錦繡山河。

最後，謹將一句話獻給各位共勉：「今天的你因兩事而如此堅強——你懷抱過的希望、以及你承受過的苦難。」(“You are strong because of two things. The hope you envisioned, and the pain you endured.”)（出自《末日先鋒：戰甲飛車》“Mad Max: Fury Road” (2015))

燕男

蘇菲的奇幻之航

SOPHIE'S FANTASTIC VOYAGE

錦繡山河

家破人亡

珂絲娜捂着左大腿上的刀傷，踉踉蹌蹌地往前跑。體力正在逐漸流失，腿上的傷口也劇痛不已，她感到神志開始迷迷糊糊。

「不能被他追上！」她告訴自己。

她奮力向前邁進，豈料腳底卻突然打滑，整個人隨之栽進一灘濕熱的液體中。

她撐起上半身，赫然發現自己跌坐在一個不大不小的血窪裏，尚帶餘溫的鮮血已染紅了雙手。一陣不可自抑的劇烈顫抖突然襲至，她抬頭一看，只見入目之處屍橫遍野，滿地血腥染紅了周遭的景物。

她以發抖的手探向一具屍體的左胸，發覺屍身殘留些許餘溫，

看來才死去不久。

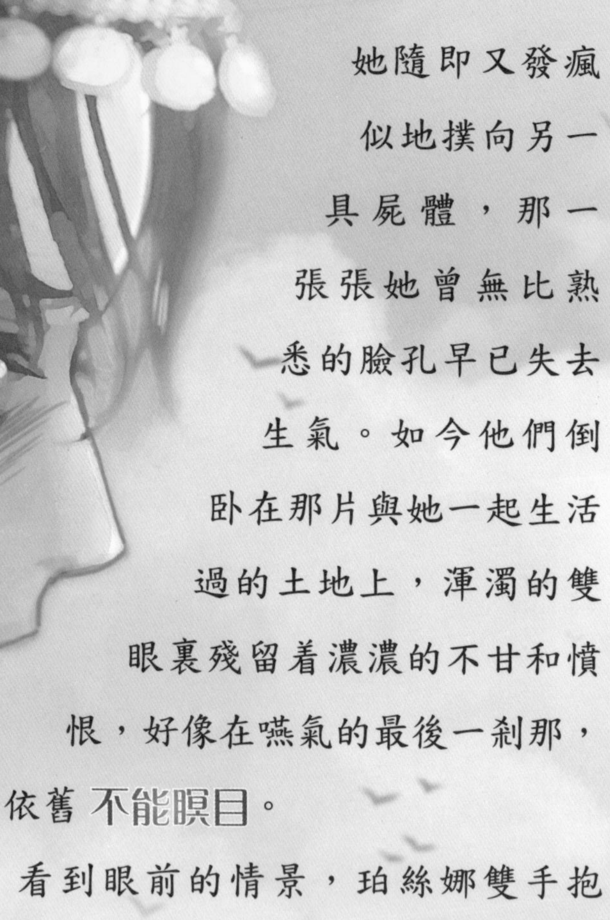

她隨即又發瘋似地撲向另一具屍體，那一張張她曾無比熟悉的臉孔早已失去生氣。如今他們倒卧在那片與她一起生活過的土地上，渾濁的雙眼裏殘留着濃濃的不甘和憤恨，好像在嚥氣的最後一剎那，依舊**不能瞑目**。

看到眼前的情景，珀絲娜雙手抱頭，發出**哀痛欲絕**的哭號：「啊啊啊啊啊啊啊啊啊啊——」

啊啊啊啊啊啊啊啊啊啊——

這時，一陣腳步聲從背後迫近，但她依舊伏在地上放聲痛哭，她已失去了繼續逃跑的動力。

噠、噠、噠、噠。

一雙男式皮靴踩進血窪中，停在珀絲娜的面前。她緩緩地抬高頭，看見那個一臉陰沉的男人正在俯視自己。他就是領軍摧毀自己家園的**罪魁禍首**！

「巴札西！」珀絲娜深惡痛絕地吼叫，「你**狼心狗肺**！你不是人！你居然趁着母親不在族中——」

「弱肉強食才是世上惟一的真理。」巴札西冷笑，「你母親莎莉曼根本不配做瑪吉達族的族長，更不配擁有鎮尼*之力！」

不等巴札西說完，血紅着眼的珀絲娜瘋狂地朝他撲去，張嘴一咬，就咬住巴札西的左臂，鮮血汩汩流出！

*「鎮尼」：「Jinn」，阿拉伯早期神話以及伊斯蘭信仰中對超自然存在的統稱，《阿拉丁神燈》中的燈神便是「鎮尼」的一種。

巴札西痛叫一聲，右手「啪！」的一巴掌揮過去，狠狠地把珀絲娜摑倒地上。她那長長的白頭巾隨着響聲掉到地上。

當巴札西正要把她扯起來之際，一抹白影猝然從半空俯衝而下！

那是母親自小馴養的**白鷹哈拉**！珀絲娜馬上就認出了。母親出遠門前託她照顧年邁的哈拉，怎料卻把牠捲入這場劫難中！

「哈拉，快走！」她大叫。

「畜牲！」巴札西大怒，「嗖」地拔出佩刀，揮向正朝他撲來的哈拉。

哈拉在刀光中左閃右避，頃刻間雪白的羽毛已被利刃削下了多根。牠的動作頓時慢下來，顯然已後勁不繼。

巴札西揮刀再向白鷹砍去，伏在地上的珀絲娜用盡全身氣力撲了上去，緊緊抱住他的雙足。

「哈拉！哈拉！夠了！」她嘶聲對空中的白鷹哭喊，「別管我，快飛走！」

巴札西憤然朝她肚腹踢去，珀絲娜仍然不肯放手。這時，哈拉怒嘯一聲，奮力舉爪朝巴札西的頭臉抓去！

巴札西側頭一閃，哈拉的爪抓在他的白頭巾上。他趁機一手擒住白鷹的腳，把牠狠狠地拽到地上，然後向白鷹身上猛刺下去！

「不要啊啊啊啊啊啊——」珀絲娜慘叫，眼巴巴地看着刀刃貫穿哈拉的身體。

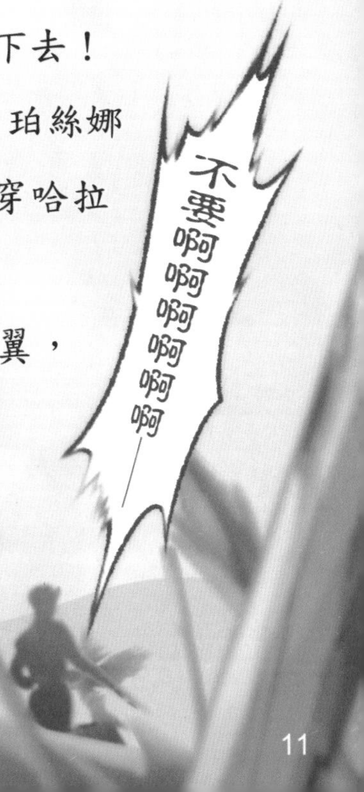

不要啊啊啊啊啊啊——

哈拉在地上瘋狂地拍撲雙翼，發出尖嘯，然後全身抽搐了幾下，便徹底地失去聲息。

珀絲娜怔怔

地望着哈拉，這時才注意到牠原來伏屍在自己剛才掉下的頭巾上。鮮血從牠的傷口汩汩流出，染紅了那身本該無垢的白羽，和那條繡着鷹紋的雪白頭巾。

在旁的巴札西朝她斜瞟一眼，然後把刀在一具屍體上擦了擦，擦去刀上的血跡。

「巴札西大人！」

一名士兵隨着聲音從遠處跑來，停

在巴札西面前敬禮道：「我等已找到瑪吉達族的聖物，並依您吩咐，正快馬加鞭送去給那位尊貴的大人！」

「很好，主人他定必滿意。」

巴札西唇角一勾，粗魯地扯起地上的珀絲娜，並向士兵下令：「把她和死剩的元老一起押回亞斯克蘭！」

一頓，他再度發出冷笑：「哼，下一步就待莎莉曼自投羅網！」

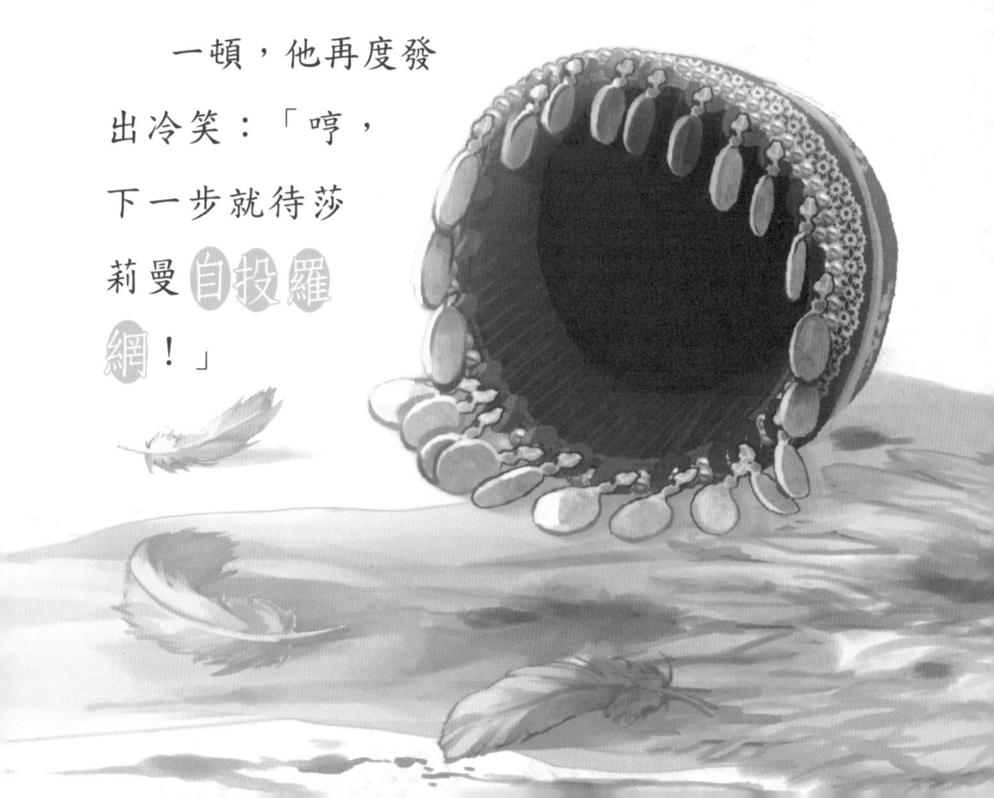

染血的白布

阿爾戈號的後甲板上，蘇菲和船長急忙彎身，一羣黑鷹「呼！」的一聲從他們的頭頂掠過。

「真是夠了！」船長扶了扶歪掉的三角帽，指着在天上展翅遨遊的黑鷹罵道，「警告你們別再來！別以為會飛我就沒辦法——哇！」

黑鷹羣再次俯衝下來，其中一隻還故意把船長的三角帽撞得飛脫，然後又悠然地飛回天上。

「親愛的船長，我看你還真的無計可施呢。」

斜倚在後甲板護欄上的大副顯得氣定神閒，但隨即又有點疑惑地說：「不過黑鷹有在海上羣獵的習性嗎？印象中，駝峰半島一帶的鷹大多棲息在高山上。」

「而且牠們已出現一個多小時了，也看不到在捕獵啊。」蘇菲應道，「不就像這幾天遇見的那些鯊魚和海鷗嗎？」

船長和大副對視一眼，都不由得想起這幾天發生的怪事。

幾天前，阿爾戈號本在海上自由自在地航行，不知何故突然被一大羣鯊魚追趕，無奈下只得改變航道。不久，當他們調回正軌後，又被成羣海鷗糾纏。結果邊躲邊航行，最後竟被趕到如今這片水域，遇上這羣在船上盤繞不去的黑鷹。

大副若有所思：「如今想來，牠們簡直就像故意把我們引到這裏似的……」

「誰知這羣小壞蛋想幹嗎？蘇菲，你去叫牠們別再來煩我們！」船長憤憤不平。

「我？」蘇菲詫異地指了指自己，「我又不會說鳥語！」

「你不是能和海豚說話嗎？」

「那是因為寧芙小姐的桑果*。但這幾天它都沒有反應啊！」

*詳情請閱《蘇菲的奇幻之航①桑樹之心》。

「這桑果還能分對象嗎？」船長訝道。

「我也不知道……」

「看到陸地啦！」小彼得歡快的聲音從下甲板傳來。他蹦蹦跳跳地跑上後甲板，興奮地叫道：「你們快看，真的好像畫裏面那些駱駝的駝峰啊！」

蘇菲幾人聞言往遠方眺望，果然看見海平線上橫亙着連綿的遠山，在溫暖的日光下有如巨大的蒼綠色駝峰。

「看見這山脈，就代表我們快進入奧斯曼帝國的疆域了。」大副道。

船長不知想起甚麼，頗為感慨地大大歎了口氣：「幸好現在

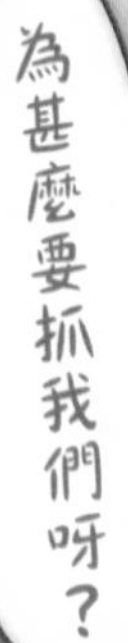

不是**五年前**，否則我們已經全都被人抓起來啦！」

「為甚麼要抓我們呀？」小彼得瞪大眼。

「因為五年前西方列國和奧斯曼帝國還在**打仗**啊！當時一看見敵方的商船，都會馬上俘虜起來做奴隸。」蘇菲看見小彼得驚恐地張大了嘴，暗覺好笑地補充，「但現在東西兩方已**簽訂和約**，不會有這種事發生了。」

話音甫落，天上的**黑鷹**忽然大聲鳴叫起來。

蘇菲幾人**疑惑地**抬高頭，卻見那羣古怪的黑鷹正紛紛朝駝峰半島的方向飛去，過一會又繞回阿爾戈號上空，再度放聲鳴叫。隨後幾分鐘，牠們竟已在兩者之間**來來回回**了數圈。

蘇菲詫然道：「難道牠們是在暗示，叫我們去那邊嗎？」

「我們又沒有任務要去那裏！況且，船長我為甚麼要聽這羣壞鳥的指揮？」

船長**氣鼓鼓**地走到後甲板欄前，叉着腰發

號施令：「鐵塔！讓兄弟們調轉船頭——」

「**沙啦！**」兩聲不明的巨響在船尾乍起，嚇得眾人都丟下手上的工作，急忙轉頭察看。

離船尾不遠的海面上，兩條**巨大的水柱**筆直射向天空，揮灑出無數水花在陽光下閃閃爍

爍。

眾人的驚歎聲未落，又見兩隻**龐然大物**忽爾從海中昂頭躍起，黝黑的上半身在水珠折射下閃着微光。牠們舞動着兩扇翅膀般的巨大胸鰭，向阿爾戈號露出白色肚腹，然後又如跳舞般，一個轉身又墮回海中。

「**座頭鯨**……」大副讚歎。

此時兩條座頭鯨一先一後向阿爾戈號的船尾游近，仿似要把船推向陸地的方向。本來正要調轉船頭的水手長和伙伴們**面面相覷**，扭頭望向高處的船長和大副。

「傑森，我們還是去看看吧？」大副勸道，「這附近有不少海港可以停泊，最大的是海法，離我們最近的則是**亞斯克蘭**。」

「我想，這些動物似有**隱衷**……不答應的話，恐怕牠們不會罷休。」蘇菲指了指依舊在船尾徘徊的座頭鯨。

「……好吧，我投降了。」

船長無奈地咕噥一聲，朝下方甲板上的船員揚聲大喊：「嘿！就看看這羣動物玩甚麼花樣，我們向前方的駝峰半島前進吧！」

「嗨！」水手們齊聲答應。

黑鷹羣彷彿感知到似的，馬上振翅往前飛去，好像在為阿爾戈號領路。

他們張起被風吹得鼓滿的船帆，追隨黑鷹駛向那個有着綠色駝峰山脈的大陸。當阿爾戈號行駛到離岸約數海里時，黑鷹不再前進，只是不斷在空中盤旋，還彷彿呼喚着甚麼似的，對着山脈的方向長鳴。

不一刻，遠方山上果真傳回隱隱約約的鳴叫，和盤旋着的黑鷹兩相應和。

「哇！又有一羣黑鷹飛來啦！」小彼得拿了

蘇菲的望遠鏡在四處看，忽然指着山脈的方向叫道。

蘇菲等人站在高處的後甲板上望去，果真看見遠處的山上有數十個黑點衝上藍天，向這邊愈飛愈近。

當黑鷹越過海岸線時，目光敏銳的蘇菲忽然指着牠們說：「……中間那隻鷹是不是叼着些白色的東西？」

「咦？」船長瞇起眼，片刻後訝道，「好像是塊布！」

說時遲那時快，從遠山飛來的黑鷹已到達阿爾戈號上空。那隻叼着東西的黑鷹突然從高空俯衝而下，「呼」的一聲又從蘇菲頭上掠過。就在這時，一塊白布從空中輕輕飄下，正好落在蘇菲手中！

「這……就是動物們要傳達的訊息？」站在一旁的大副莫名其妙，又聽見頭上黑鷹鳴叫一下，便對蘇菲說，「揚開來看看。」

蘇菲依言揚開手中的白布，赫然發現上面染有一大灘暗褐色的痕跡。她和大副等人相視一眼：「難道這是……」

船長上前拿起布一嗅，叫道：「果真是乾了的血跡！究竟怎麼回事？」

彷彿在回應這說話似的，掛在蘇菲頸上的桑果忽然發出柔和的光芒，同一剎那，那塊染血的白布亦凌空飄起，一縷縷白色光芒竟隨之從布中竄出！

哈拉的請託

縷縷光芒在半空中相織交錯，恍如有一隻無形的手在編織着甚麼。不一刻，一隻泛着淡淡光芒的白鷹竟在眾人眼前成形！

眾人都嘖嘖稱奇，卻聽白鷹仰天長嘯，音色哀切婉轉。牠振翅飛到蘇菲面前，開聲問道：「請問你就是阿爾戈號的**紅髮蘇菲**嗎？」

「哇！這隻鳥會說話！」小彼得驚奇不已，「但牠說的是甚麼？怎麼我聽不懂？」

「是**奧斯曼語**，看來牠是為蘇菲而來。」大副低聲回答，

「噓，且聽牠要說些甚麼。」

蘇菲曾與海豚對話，如今也見怪不怪，倒是白鷹話中的內容叫她訝異：「我正是蘇菲。請問你是誰？為甚麼會認識我？」

「蘇菲，哈拉在此向你致敬。」白鷹答道，「你和阿爾戈號為寧芙和水妖託運的事跡，在大地和海洋的精靈之間已廣為流傳*。哈拉風聞你有顆善良的心，故來找你幫忙。這世上，也許就只有你願意出手相助了。」

此番盛讚令蘇菲受寵若驚。她有些難為情地說：「哈拉，謝謝你的稱讚。那兩次託運哪是我一人之力可完成？都是大家齊心合作的成果。不知你有甚麼事需要阿爾戈號幫忙呢？」

「懇求你們去幫助哈拉的主人！哈拉實在求助無門，才冒昧拜託朋友把你們遠道請來……」

*詳情請閱《蘇菲的奇幻之航①桑樹之心》。

「先等等！那些煩死人的小壞蛋全都是受你指使的？」船長插嘴，「小白鳥，怎麼你不親自來說呢？」

白鷹哀傷地回答：「因為哈拉軀體已亡，布上之血就是哈拉死時所留下的。如今哈拉只剩精魄棲息在布中，不得已才出此下策，還請原諒。」

「原來這是你的血！」蘇菲訝道，「哈拉，為何你不讓那些黑鷹直接把布帶給我們呢？這不省卻許多麻煩嗎？」

「因為哈拉無法遠離這塊土地。」

「為甚麼？」蘇菲問。

「哈拉的精魄在布中，只能借助這塊土地上殘存的鎮尼之力方能現身。」

「小白鳥，那麼你可以叫你那些朋友直接告訴蘇菲啊！」船長指了指蘇菲，「她有顆桑果可以和動物對話呢。」

蘇菲點點頭，向白鷹展示頭上的桑果：「那些為水妖尋人的海豚也是透過這顆桑果，主動找上我的。」

「蘇菲，沒有靈智的動物不能與桑果產生共鳴。哈拉的朋友們是一般動物，不能傳話。」

「所以桑果才毫無反應！」蘇菲恍然大悟。

「是的。」白鷹繼續解釋，「那些海豚能與你對話，大概是因為牠們與那位力量強大的水妖長期為伴，在他的水域中得到滋養，故而生出靈智。哈拉也一樣，因主人莎莉曼之故而擁有靈智。」

「你的主人莎莉曼？」蘇菲問，「她也是精靈嗎？」

「不，主人是人類。她是瑪吉達族的族長，亦是鎮尼之力的繼承者。蘇菲，你手上的布就是哈拉主人親手織繡的……」

哈拉飛近白布，眷戀地蹭了蹭：「上面有她留下的鎮尼之力，所以哈拉的精魄才能依附其上。」

「甚麼是鎮尼之力？」蘇菲一臉不解。

「哈拉曾聽主人說過，相傳瑪吉達族的祖先曾有恩於鎮尼，所以世代都受鎮尼庇佑，並傳下兩物，一是族中聖物，另一則是族長世代相承的鎮尼之力。哈拉自小跟隨主人，受她鎮尼之力所滋養，可能因此而有了靈智。」

「難怪你能和桑果產生共鳴。」

「是的，但所剩的時間也不多了……鎮尼之力快將散去。蘇菲，**求求你幫助主人！**」

「你主人出了甚麼事嗎？」蘇菲訝道。

「惡人巴札西趁主人出遠門，摧毀了瑪吉達族的家園。他奪去聖物，屠殺族中所有反抗他的人，還擄去主人的獨生女……如今主人孤身在外，還被此惡人追捕，希望你們能去幫助她！」白鷹苦苦哀求。

「居然有人這麼**心狠手辣！**」船長叫道。

「『瑪吉達族』？」大副問，「這名字我曾耳聞，據說是駝峰半島上一個精於織繡的族裔。哈拉，你說的是這個『瑪吉達族』嗎？」

「是的。」白鷹回答。

「為甚麼那個叫巴札西的惡人要迫害瑪吉達

族和你的主人呢？」大副問。

「哈拉也不知那惡人的心思，大概是因為他想要做族長，得到鎮尼之力吧。」

大副沉吟：「所以，你請我們幫助你主人……也就是幫助她對抗巴札西吧？」

「哈拉知道這是**強人所難**。巴札西兇殘暴虐，哈拉正是死於他的刀下。無可回報，不該叫你們冒此風險。」白鷹垂下頭，黯然地說，「即使如此，哈拉依舊懇求你們伸出援手。瑪吉達族已**家破人亡**，哈拉連軀體都沒有了，還有誰能救哈拉可憐的主人？蘇菲，你和阿爾戈號就是哈拉最後的希望

了。哈拉不知怎樣才能令你們答應，但哪怕用盡最後的力量，哈拉也不會放棄希望。」

哈拉的話情深意切，在場的人都心生不忍。

這時，哈拉的軀體變得若隱若現，彷彿快要被海風吹散似的，蘇菲連忙追問：「哈拉，你怎麼變透明了？你會消失嗎？」

「哈拉已無力維持形態……蘇菲，求求你們

幫助主人！」白鷹的身影已逐漸變淡，卻依舊在連聲哀求，「求你！求求你！」

「成了成了，小白鳥，你贏了！」船長說，「我們不是甚麼鐵石心腸的人，阿爾戈號答應你吧！」

「阿爾戈號的各位，謝謝你們！」

大副連忙問：「但怎樣才能找到莎莉曼？」

「去亞斯克蘭！惡人把主人的女兒抓到那裏去了！主人一定會去救她——」

留下這一句話後，哈拉已消失無蹤。剩下的，只是蘇菲手中那塊染了血的白布。

船長深深地吸一口氣，並發出命令：

「立刻啟航去**亞斯克蘭！**」

市集騷亂

亞斯克蘭，奧斯曼帝國西部的港口城市。

這個忙碌而繁華的海港建於古老遺跡之上，不少來自外海與內陸的商人都齊集此地。此時，城北的市集裏熙熙攘攘，小彼得正抬高頭東張西望，對充滿異國風情的商品感到非常好奇，一排專門販賣地氈和織繡品的攤位更很快吸引了他的注意。

只見色彩斑斕的布上繡滿花紋，一塊塊從臨時搭建的木架上垂掛落地，重重簾幕彷彿在邀請客人踏入神秘而幽深的遠東宮殿。

小彼得瞪着圓眼，興奮地向隔壁一邊購物一邊和人聊天的船長和蘇菲招手：「你們看！這些布和平時看到的都不同，看上去好漂亮啊！」

「嘿，小傢伙，看你

興奮成這樣子！這邊的風俗和我們的差別可大了，你第一次來中東，讓你驚訝的還多着呢！」船長大笑着走過來，「不過，你還記得我們是來市集打聽消息的吧？」

「要找哈拉的主人莎莉曼嘛。」小彼得漫不經心地回答，目光依舊在那些美麗的織繡品上流連，「這裏的人的外語口音太難聽啦！但看他們的表情就知道在推銷自己的布有多美和多好。」

「得了，只是帶你出來見識見識，不必胡亂瞎猜。」船長揉了揉小彼得的頭。

此時，蘇菲結束了和一位攤主的談話，也走到他們身邊。船長問：「有收穫嗎？」

蘇菲搖搖頭：「說的話都大同小異。總歸來說，不外乎『瑪吉達族的織繡品最精美，所以在市場上還算搶手』、『近來瑪吉

達族沒出來交易』以及『這族住得比較偏遠，所以不清楚內部情況』三點。」

「唉，我這邊也差不多。」船長應道，「看來這裏的人都不知道瑪吉達族發生的事。但不知道真的是因為瑪吉達地處偏遠，還是哪個壞蛋故意封鎖了消息……」

「我也問過他們知不知道『莎莉曼』和『巴札西』。」蘇菲補充，「但據說是常見的名字，所以也沒確切答案。」

「可不是，他們就給我舉例過自己身邊認識的『莎莉曼』和『巴札西』！」船長翻了翻白眼，「老天，至少各有十個！」

「不過剛剛那位老闆告訴我，城中新任帕夏*也叫『巴札西』……」蘇菲沉思起來。

「嘿，你認為是那個巴札西？」

蘇菲皺眉：「我希望不是——」

*「帕夏」：「Pasha」，非人名，奧斯曼帝國中對高級官員的尊稱。

「**嗨！快追！**」市集的另一邊忽然起了騷動，蘇菲三人疑惑地往聲音發出的方向望去。只見遠方人聲喧嘩，驚呼、喝罵和雜沓的腳步聲相繼傳來，幾個手持長刀的士兵突然衝進前方的地攤裏，嚇得行人紛紛閃避。士兵兇狠地扯下懸掛着的布料，又踢翻幾卷地氈，眼睛不斷向四方掃視。

蘇菲和船長急忙拉着小彼得往後退，此時一陣「噠噠」的馬蹄聲破空而至，霎時間滿地塵土飛揚，一個**身穿戎裝**的中年騎士策馬奔到士兵當中才停下來。

那人滿臉陰鷙之色，在士兵

們搖着頭說了幾句話後，他猛地舉起馬鞭，

指向一個縮在角落的攤主，厲喝道：「有沒

有看見一個手拿雙刀、身穿黑大袍的中年女人？」

攤主嚇得全身哆嗦，連連搖頭擺手：「沒、沒！」

騎士聞言，臉色更顯陰沉。他轉頭望向下面的士兵，揮鞭甩出一記極響亮的「啪」聲，並喝令：「搜！掘地三尺也要把莎莉曼翻出來！」

聽見「莎莉曼」一詞，蘇菲和船長兩人迅速地交換了一個眼神。雖然對方全程用奧斯曼語交流，但阿爾戈號縱橫四海，他們都學過這種通用於中東的語言。

「蘇菲，不會真給你說中吧……」船長苦着臉說，「居然扯上軍隊，恐怕這事比想像中更嚴重，我們麻煩大了。」

「艾佛列和鐵塔他們在碼頭那邊打聽消息，要不我們先回去從長計議吧？」蘇菲提議。

「好！我們搞清情況才好行動。」

船長的手往下一兜，把仍在一旁興致勃勃地看熱鬧的小彼得扛上肩頭：「嘿，走了走了！」

「哇！放開我！」小彼得抗議，「幹甚麼突然要走呀？不是還要打聽消息嗎？」

「噓！事態有變。況且刀劍無眼，此地不宜久留。」蘇菲跟着船長匆匆往前走，「我們先回去碼頭和其他人會合吧！」

他們在橫街窄巷中左穿右插，正當要走上通往港口的大道時，竟見前方已有一小隊士兵設下路障，封鎖了市場的出口。領頭的士兵馬上便注意到蘇菲他們的靠近。

「站住！」士兵喝道，「異族人，你們鬼鬼祟祟要到哪去？」

船長露出友善的笑容，主動朝士兵迎了上去：「嘿，你好！我們來自阿爾戈海上鏢局。請看，這是我們的通行證——」

就在他伸手進大衣裏翻出一張皺巴巴的紙時，急促的馬蹄聲忽然從背後響起，一道黑影挾着疾風，踢起滿地沙塵從他們身旁飛掠而過！

他們在揚起的飛沙中還未回過神來，便見剛剛在市集裏發號施令的騎士已停在路障前，正居高臨下地俯視着他們。

士兵慌忙對騎士行禮，並奪過船長手中的通行證呈上：「巴札西帕夏，這三個異族人想要過去，這是他們的證件。」

蘇菲幾人微微一怔。

聽見士兵對眼前人的尊稱，再結合到此人之前給出「追逮莎莉曼」的命令，他們已知道這個傲慢的騎士十有八九就是哈拉口中那個惡人巴札西。最壞的猜想現已成真。

船長和蘇菲心知不能輕舉妄動，裝作若無其事地立在原地，等待巴札西下一步的動作。

巴札西冷冷地接過通行證，卻沒瞧上一眼：「他們見過莎莉曼嗎？」

士兵馬上轉頭喝問：「你們有沒有見過一個穿黑大袍的中年女人？她身上有兩把長刀！」

「沒有。」船長搖搖頭，「從沒見過。」

巴札西冷哼一聲。他朝蘇菲幾人斜睨過去，目光中充滿輕蔑和厭惡：「人找不到，卻招來這幾個自投羅網的異族毒蛇。」

船長微微皺眉，卻還是壓着不快道：「閣下——」

「這裏不是你們在白海西岸的土地，我們也不說你們的語言，**異國人！**」巴札西傲慢地打斷他的話。

「好吧，如你所願……」船長深吸一

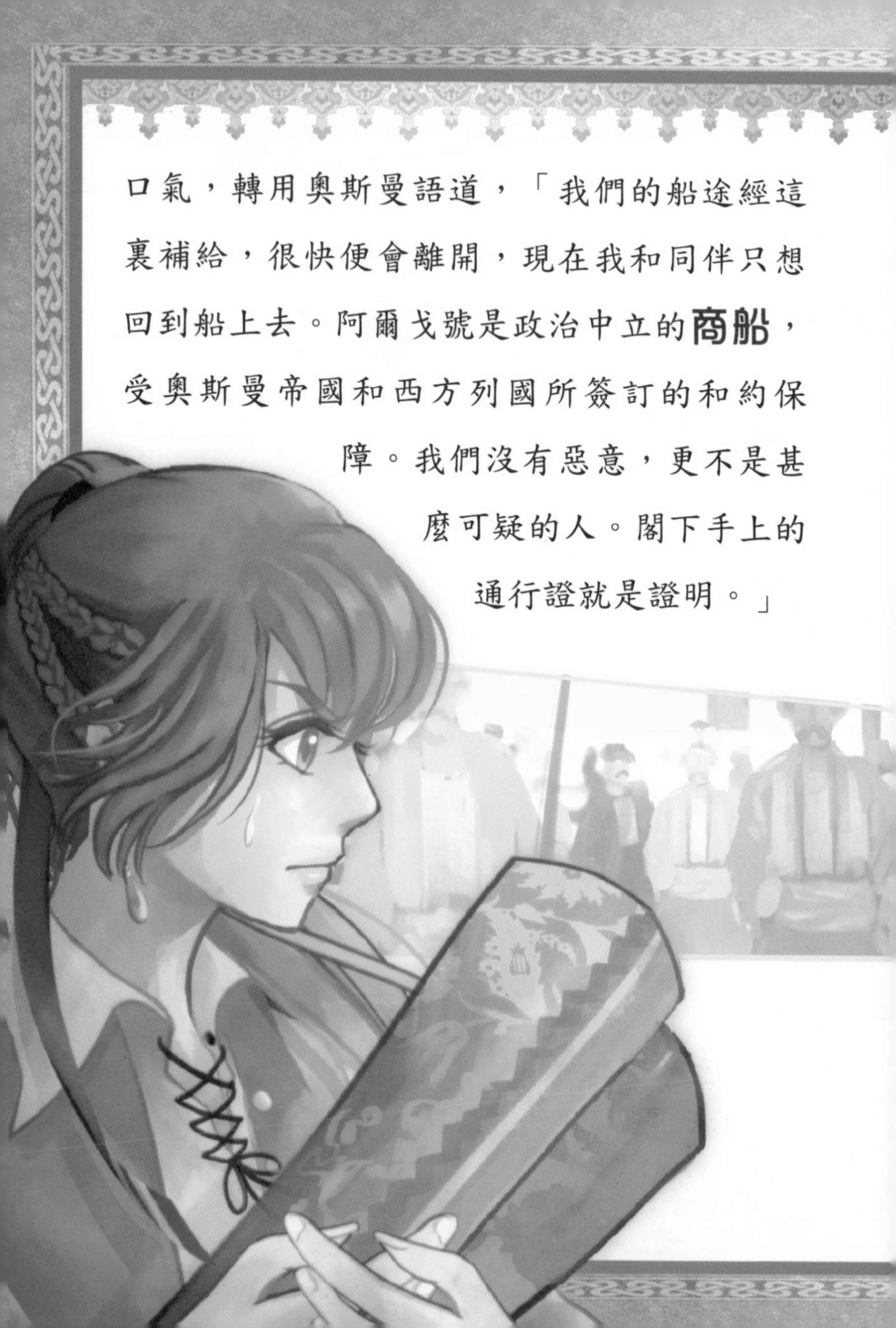

口氣，轉用奧斯曼語道，「我們的船途經這裏補給，很快便會離開，現在我和同伴只想回到船上去。阿爾戈號是政治中立的**商船**，受奧斯曼帝國和西方列國所簽訂的和約保障。我們沒有惡意，更不是甚麼可疑的人。閣下手上的通行證就是證明。」

「那個愚蠢懦弱的和約是所有東岸人之恥！」

「嚓嚓」幾聲，巴札西竟在他們眼前把通行證撕個粉碎，任由手中的紙碎被風捲走。船長和蘇菲瞠目結舌，想不到此人如此肆無忌憚，當眾羞辱他們。

蘇菲朝四周待命的士兵瞥了一眼，心中生出強烈的不祥預感。

「瘋子！」船長怒不可遏，「你要挑戰奧斯曼帝國的法律嗎？」

「亞斯克蘭已歸順更強大的主人，奧斯曼的法律管不着我們。總有天我們會鏟平白海西岸的土地，把你們這些異族毒蛇全部俘虜——」巴札西話鋒驟變，猛地向前甩出一鞭，「**抓住他們！**」

蘇菲已先下手為**強**，只見她把手中剛剛買回來的幾匹布料狠力擲到最先衝上來的士兵身上，同時旋身一個飛踢，把站不穩的士兵一腳踹向他的同伴！

霎時間，士兵如倒落的骨牌般一古腦兒跌向後方，嚇得巴札西的馬朝天大聲嘶叫。

說時遲那時快，蘇菲和船長已迅即衝進市集，受驚的行人紛紛四散而逃。

絕處逢生

被扛在船長肩上的小彼得在顛簸中失聲大喊：「發生甚麼事？ 我們要到哪裏啊啊啊啊——」

「你問我我問誰！」船長吼道，「我也想知道那瘋子想搞甚麼！照理上他不可能知道我們和哈拉的事啊！」

「不，應該和哈拉無關！他可能是為了贖金！」蘇菲奮力在人羣中往前擠，「那個巴札西說的是要『俘虜』我們！在和約簽訂前，雙方不都是用巨額贖金換俘虜嗎？要不就是把俘虜當成奴隸買賣！一切可能都是為了錢！」

「瘋子！喪心病狂的瘋子！絕對不能讓他得逞！」船長破口大罵。

背後連連響起慘叫，蘇菲回頭一瞥，竟見巴札西騎馬闖進人羣中，他底下的士兵正粗魯地撞開路人。幾個不知狀況的異族商人被按倒在地，隨即馬鞭「嗖嗖」地落在他們的背上。

巴札西的怒吼從背後遠遠傳來：「封鎖所有大路，提早包圍港口！把莎莉曼和城內所有異族毒蛇全都給我抓起來！」

蘇菲飛身越過地上的障礙物，對後面的船長喊道：「我來拖着追兵！你們先回阿爾戈號！」

「不！」船長和小彼得異口同聲地回吼。

「那個巴札西說要包圍港口！可能連阿爾戈號和其他異族商船都不打算放過，你們要回去通報！」蘇菲打斷他們的話，「傑森，我跑得快，他們抓不住我！」

與此同時，他們已鑽進小巷裏，眼見快要跑到盡頭，背後的追兵也愈來愈迫近，蘇菲不由得急聲催促：「傑森！」

「保護好你自己，記住保命要緊！」船長終於點頭，「這是命令！」

「遵命！」蘇菲對他粲然一笑，轉身拔劍衝向追兵！

此時士兵正一個接一個擠進這條只能容納一

人通過的窄巷裏，蘇菲用力一蹬縱身躍起，劃出一道銀光劈下，領頭的士兵慌忙揮刀一擋，「錚！」的一下激響傳遍巷道！

對方的蠻力不弱，蘇菲極快與之交鋒數招。趁對方猝不及防之際，她屈膝狠狠撞向敵人肚腹，並順勢揮劍橫劈向背後擁上來的追兵！

突襲只贏得短短的一剎那，蘇菲趁機拔腿就逃，朝與船長方才逃走的相反方向奔去。此時縱橫交錯的街巷猶如迷宮，追兵也如黃蜂般窮追不捨，

她左閃右避，全速奔逃了片刻才甩掉追兵，鑽進一條暗巷裏。

蘇菲背靠在牆上喘氣，卻突然發現一行血跡從自己腳下伸延進暗巷盡頭！

她猛地轉頭，只見一個中年婦人掩藏在雜物中！她穿戴着少數民族的服飾，**黑長袍**上繡滿以金紅色為主調的花紋。婦人腰上還裂開一個傷口，但手中卻牢牢地握緊**兩把長刀**，眼神中充滿了戒備。

一個念頭閃過蘇菲腦際：「等等，黑長袍……兩把長刀？難道她就是巴札西在追捕的莎莉曼？」

她朝婦人走近一步，卻見對方已舉起手中的刀，似乎打算砍過來，連忙道：「夫人，你就是莎莉曼對吧？哈拉託我來幫助你！」

「……哈拉？」婦人愕然停下動作。

蘇菲立即從身上抽出那塊藏有哈拉精魄的染血白布，上前遞給婦人。婦人驚奇地撫摸布上的鷹紋，難以置信地道：「……這的確是珀絲娜向我要來作禮物的頭巾！」

婦人隨即抬頭望向蘇菲：「你是誰？這塊頭巾怎會在你手中？上面的血跡和你剛剛說的『哈拉』又是怎麼回事？」

「我叫蘇菲，哈拉的精魄在布中——」

「那個紅髮丫頭好像跑到這邊！搜！」

士兵的叫喊從不遠處響起，兩人赫然一驚。

蘇菲心知此時不宜詳談，突然踢起塵土，掩蓋了地上的血跡。她在婦人驚訝的目光下衝出暗巷，並拋下一句：「請想辦法去港口找阿爾戈號的人！」

奪目的紅髮很快便引起追兵注意，蘇菲再次一頭栽進市集中，故意引導士兵遠離暗巷。

就在此時，「砰！」的一下嘹亮槍聲從接近港口的方向傳來，火拚的聲音緊接而至，蘇菲心中不安頓生。

「那個異族毒蛇中槍了！」巴札西的厲喝伴着馬蹄聲從另一邊傳來，「他帶着小孩不可能走遠，搜！」

蘇菲面容失色。她猛地轉身跑向槍聲傳出的方向，腦中只剩下向前跑的念頭。

途中，每隔幾米就有一個銅幣丟在地上，她知道這是小彼得留下的暗號。她急步往銅幣指示的方向跑去，終於來到一個廢置的水井旁。傑森正倚坐在井側，旁邊站着小彼得不斷顫抖的背影。

「……小彼得？」

小男孩有如驚弓之鳥，高舉着小彎刀跳起來。當發現來人是蘇菲時，兇狠的表情瞬間崩塌，他「哇！」的一聲大哭起來：「蘇、蘇菲！騎馬的人有槍！傑森為了保護我**中槍**了！我們拚命走到這裏，他就昏過去了！但我不敢哭……我好怕，蘇菲！我好害怕！」

「噓、噓，小彼得別怕！我在這！」

蘇菲抱着他連聲安慰，眼睛則焦急地朝傑森望過去，只見他的大衣已被血染污，腹上匆匆包紮的傷口還在不斷往外滲血。

她見狀駭極，立刻撲上去輕輕拍打船長的臉，卻驚覺他體溫熱得驚人：「傑森？醒醒！回答我！」

船長毫無反應，依舊垂着頭依靠在井邊，顯然已陷入昏迷。一陣強烈的恐懼席捲蘇菲全身。

「有血！那條毒蛇逃到這了！」

巴札西的叫喝如同來自地獄的惡鬼，正隨着馬蹄聲逐漸迫近。

蘇菲站起身，擋在小彼得面前。她狠狠地瞪着蹄聲傳來的方向，前方驟然出現的人影卻把她嚇了一跳：

「你——？」

來人捂着傷口走上前，竟就是蘇菲在暗巷中遇見的那個中年婦人——莎莉曼！

莎莉曼手中拿着蘇菲先前交給她的染血白布，默默地走近。馬蹄聲愈來愈近，她凝視蘇菲片刻，突然二話不說揚開布匹罩向他們幾人！

蘇菲只覺眼前一黑，轉瞬又恢復光明，映入眼簾的景象卻令她目瞪口呆。

他們已經不是身處市集的小巷，而是在一片沙漠的綠洲中！棕櫚樹的綠蔭在炎陽下晃動，數十隻體積異乎尋常的巨鷹在藍天中展翅翱翔，有些則停在樹頂，安靜地俯視着他們。

一聲長嘯忽然響徹雲霄。

不待蘇菲反應過來，一隻似曾相識的雪白巨鷹已落到四人面前，並柔聲道：「歡迎來到布中的世界。」

「……哈拉？」蘇菲不敢相信自己的眼睛。

布中世界

「蘇菲，感謝你幫助了哈拉的主人。」

蘇菲詫異地看着比記憶中大了數倍的白鷹：「我還以為你消失了……你怎麼還變得這麼

大？」

「哈拉的精魄一直存於這塊布中，並未消失，只是無力再現身，如今變大則是因為主人重新為這裏灌滿鎮尼之力之故。布中並非真實世界，一切都為彰顯主人的意志。巨鷹是主人的徽章，故此哈拉才會以這種形態出現。」白鷹回答。

「哈拉……」

站在蘇菲旁邊的莎莉曼忽然呼喚。她紅着眼，向眼前的白鷹伸出顫巍巍的手：「進布的剎那，鎮尼之力讓我知道了在你身上發生的事。哈拉，你為我做了這麼多，我卻沒有好好保護你……」

白鷹垂下頭，輕輕蹭向她的手心：「不，主人，謝謝你一直以來的疼愛，遇上你，是哈拉此生最大的幸運。」

莎莉曼不再說話，閉上眼，與白鷹前額相抵。她與哈拉主僕二十餘載，既是摯友，更是家人。世上有些事，足以超越生死和時間。

片刻後，莎莉曼轉過頭，對蘇菲鄭重地說：「蘇菲，我再次正式向你介紹自己——我叫莎莉曼，是瑪吉達族的族長。這次事出突然，貿然把你們帶進布中，為此我向你致歉，更感謝你和阿爾戈號所做的一切。」

「不，夫人，我該感謝你從巴札西手中救了我們才對！否則被他俘虜，哪怕不死，恐怕也得受罪。」蘇菲抱緊**不知所措**的小彼得，向莎莉曼點頭致意。

「……巴札西！」莎莉曼勃然變色。

「哈拉曾告訴我們，巴札西因為覬覦鎮尼之力而迫害瑪吉達族，奪去你們族中聖物，還擄走你的女兒，但其他詳情我並不清楚。他追捕你，就是為了奪取你這種進入布匹的能力嗎？」蘇菲問，「他俘虜城中的西岸人，也真的是為了贖金嗎？」

莎莉曼冷笑：「他要俘虜你們，確是為了贖金和出於仇恨。至於我，就不僅僅是為了得到進入布匹的能力。」

「他**另有所圖**？」

「對。我族族長世代相傳特殊能力，除了能

自由出入織繡品的世界外，還有一種一生只能使用兩次的強大能力。這種能力經由**血脈相傳**，巴札西認為他才是最適合的繼承人。」

「等等，夫人你說的是『血脈相傳』？」蘇菲問，「那麼巴札西怎可能——」

「因為，巴札西是我的弟弟。」莎莉曼一語道出真相，「我和他都曾是族長的候選人，但上任族長——我們的父親最終選擇了我。」

「巴札西是你的弟弟？」蘇菲不可置信地叫道，「所以他才追捕你——就為了能力的傳承？」

「對。他歸順的新主人似乎很看重這種能力，在巴札西試圖遊說我和族人失敗後……就發生了你從哈拉口中得知的慘事。瑪吉達族的倖存者被關進亞斯克蘭的俘虜營裏，當中包括我的獨生女珀絲娜。我從沒防備過巴札西，事前他引我離開家園，待到我回家後……等待我的，只有遍地焦土和鮮血。」

莎莉曼疲憊地閉了閉眼，旋即又極其嘲諷地長笑一聲：「哈！我的親弟弟！惟一的弟弟！他背叛、出賣自己的血親！為了所謂的名利和能力——他居然用我的

女兒和族人為餌，引我來，然後想方設法來狩捕我！」

莎莉曼突然劇烈地**咳嗽**起來，鮮血從她掩着嘴的指縫間汩汩湧出。

哈拉哀聲嗚叫，蘇菲和小彼得也被嚇了一跳，他們跳上前想為她撫拍背脊，卻在觸及婦人悲痛的眼神後連忙剎住。

蘇菲忽然明白了莎莉曼的心情——雖然她對巴札西**恨之入骨**，同時卻又**悲痛欲絕**。慘遭滅族的血海深仇，和被至親背叛的**切膚之痛**，又豈是外人能理解、又能去撫慰的呢？

「不必勞心。每次使用能力都有相應代價，況且我之前被巴札西重創，身體早已快到極限……」這時莎莉曼**氣若游絲**，「你同伴的狀況也不樂觀，假如不趕快接受治療，只怕性命有虞。」

「我知道！可是巴札西封鎖了港口！」蘇菲急道，「我無法把傑森帶上船治療——」

「蘇菲，哪怕我現在這樣子，還是有能力帶你們衝破港口的封鎖線。但我有個冒昧的請求，希望你能聽一聽。」

「夫人，這是甚麼話！請說吧，我一定聽。」

「如你所知，我族的力量在於血脈與聖物。如今聖物已失，我亦時日無多，但我還沒完成血脈傳承。所以我在想，如果我能帶你們脫離今日的險境，也許你會願意為我託運我的血，完成傳承。」

「……傳承？」蘇菲睜大眼，「夫人，我要怎樣託運你的血呢？」

「我會把我的血液注入你體內。隨後只要找到我的女兒珀絲娜，她自然會知道如何完成傳承。但我的血帶有鎮尼的力量，不是一般人可以承受。雖聽說你身負神奇力量，我也不敢斷言你是不是適合的載體……你甚至有可能死亡。」

小彼得突然插嘴：「不行！不行！蘇菲！這太危險了——」

蘇菲對他搖搖頭，轉頭直視莎莉曼道：「姑且先不說這事對我的危險性……夫人，你怎麼就敢把一族的存亡託付給我這個初相識的外人呢？」

「因為現在我只能孤注一擲。蘇菲，我們的確素昧平生。但當我看見你為了履行對哈拉的承諾，竟願意替我這個陌生人引開追兵，後來又為了保護同伴挺身而出……我忽然覺得，這個世界還未至於讓我絕望。」女族長忽然露出微笑，目光清澈而堅定：「因為你，我依然有勇氣再去相信一次。」

蘇菲沉默不語，雙眼卻漸漸泛紅。

「那麼讓我不要辜負你這份信任，夫人。」蘇菲終於哽咽着回答，「我答應這個託運。如果你真能帶我們走出險境，哪怕要賭上我的性命，我也義不容辭！」

「謝謝你，蘇菲。」莎莉曼低聲道，「無論結果如何，我都會把你們安全送上船。」

言罷，女族長猛然拔出匕首插入左胸心臟的位置！她好像沒感到疼痛，馬上又拔出匕首，掀高蘇菲的左手手袖，並把染滿血的刀尖刺在她的手臂上。

只見血像漩渦般鑽進蘇菲的皮肉，剎那間，一個血色的鷹形花紋顯現在其臂上。體內的血液忽然如沸水滾騰，某種未知的巨大力量在體內橫衝直撞，兇猛得令她站不穩腳。

蘇菲突然眼前一黑。

「——蘇菲！」

小彼得驚恐地撲到蘇菲身上，只見她跌跪在地，全身止不住地抽搐。

莎莉曼也一臉擔憂地注視着蘇菲，瞬間卻好像察覺到甚麼似的，猛地轉頭，盯着遠方的天空沉聲道：「巴札西發現我們了！」

巨鷹殞落

整個布中世界的巨鷹昂頭發出嘹亮的鳴叫，蔚藍的天際染上一片血紅，轉瞬間已陷入熊熊烈火中！

天空像一塊燒焦的布料般開始蜷縮、脫落，這時巴札西的怒喝混雜在四周「滋滋」作響的燃燒聲中震天動地：「莎莉曼！我知道你在裏面，出來！」

「他在放火燒布……」莎莉曼咬牙切齒。

大塊火紅的碎片從空中墜落，跌向被異象嚇

得目瞪口呆的小彼得。就在千鈞一髮之際，蘇菲縱身撲出，抱着他翻到一旁，險險避過墜落的碎塊！

「蘇菲！」小彼得驚喜道，「你沒事了？」

蘇菲回他一個微笑：「嗯！鎮尼的力量似乎沒太排斥我，讓你擔心了。」

「快上來！」

莎莉曼的叫喊忽然從頭頂傳來，蘇菲才察覺一個龐大的陰影已籠罩着他們。她抬頭一看，原來哈拉已在半空展開雙翅，拍撲出強大的氣旋在他們面前降落。

女族長早已帶着昏迷的船長騎在牠背上，她對蘇菲伸出一隻手：「我們趕快離開！」

蘇菲握緊她的手，抱着小彼得一躍跳上了鷹背。

哈拉發出一聲高高的鳴叫，其他巨鷹紛紛響

應高飛。頓時，鷹羣在碎裂崩落的天空中左穿右插，牠們不畏懼烈火和濃煙，頃刻間就已直衝雲霄！

女族長佇立在哈拉背上，她的衣襬和頭巾被烈風吹得恣意飛揚。蘇菲凝視着她的背影，覺得她看上去搖搖欲墜，同時又穩如盤石，彷彿天地崩裂都不足以撼動她半分。

這時，綠洲已離他們愈來愈遠。

「夫人，我們要到哪裏去？」蘇菲問道。

「回阿爾戈號去。」莎莉曼回答，「看我施展鎮尼的最後力量吧——」

她展臂高聲長嘯，哈拉與數十隻巨鷹隨之鳴叫，向空中被烈火燒穿的洞口衝去！

一陣白色的強光突然迎面照來，轉瞬間他們已隨着巨鷹飛出布中世界，直奔長空。

只見腳底下的市集人聲鼎沸，巴札西與士兵們正驚駭地仰望着滿天巨鷹翱翔——

莎莉曼竟能把織繡世界中的巨鷹召喚到現實世界中！

女族長緊緊地擁抱了一下哈拉。

「蘇菲，我把瑪吉達族的未來交託在你手中。」莎莉曼回頭粲然一笑，「告訴珀絲娜，我一直與她同在！」

女族長縱身從鷹背躍下。她朝天拔出雙

刀，明晃晃的刀光在烈陽下閃爍，數十隻巨鷹同時追隨她的身影俯衝而下：「**為了瑪吉達——！**」

　　在地上的巴札西與士兵們

怒喝着一擁而上，金屬碰擊的激響頓時響徹長空！

「夫人——莎莉曼！」

蘇菲的呼叫聲隨風飄遠，載着他們三人的哈拉飛越半個城市，來到了停泊在港口的阿爾戈號上空。船上的水手們聚集在主甲板上，驚奇地仰視着正在向下盤旋的龐然巨物。

這時，大副和水手長已跑到甲板中心。大副抬高頭詫異地喊道：「這是……哈拉？到底是怎麼回事？」

看到巨鷹降下，水手們連忙散開。大副看見船長的傷勢時面色一變，對水手長說：「快把傑森船長帶回船艙，讓老威廉替他治療！」

水手長點點頭，二話不說便抱起昏迷的船長，帶着小彼得衝進船艙。

蘇菲已從哈拉背上跳下來，急急衝向船邊視

察，不由得神色驟變。

遠處，一隊軍隊正急速向港口迫近。

大副也看見那隊**步步進逼**的軍隊：「他們這個架勢……難道是要來港口動武嗎？」

「對！巴札西已下令封鎖港口，俘虜所有異族人！」蘇菲說，「艾佛列，我沒時間解釋太多，我們必須儘快離開，向其他帝國城市求助！」

大副聞言神色一凜，正要說話，卻聽見水手出聲呈報：「大副！海那邊來了幾艘**武裝船**，

似乎來意不善！」

蘇菲和大副立刻回頭一看，果真有幾艘船隻駛近，大有包圍港口之勢！

「看他們的速度，大概不用幾分鐘就來到了！」大副皺眉，「我們根本不夠時間用絞盤起錨——」

「哈拉可以為你們擋住軍隊，爭取一點時間。」伏在主甲板上的白鷹忽然開聲。

「拜託你了，哈拉！」

大副當機立斷，一邊跑上後甲板一邊朝船上的水手們發號施令：「我來掌舵！划槳手從速就位，火炮手備戰！全部人配合我整帆和調整船頭，準備啟航！」

「先拖錨行船嗎？」蘇菲在主甲板上向他喊話。

「不，太慢了。」大副咬了咬牙，「**斬斷錨繩，棄主錨！**」

船上一時如沸水炸開了鍋，眾人都飛快地行動起來。此時陸上的軍隊已抵達港口，哈拉突然**仰天長嘯**一聲，拍翼衝向岸上的士兵，士兵亦紛紛亮出利刃向巨鷹砍去！

前甲板的舷邊，蘇菲和水手們「**錚！**」的一下拔出利刃，一刀刀斬向繫着主錨的數根粗大纜繩。

「放箭！」岸上突然傳來喝令。

漫天箭雨迅即從岸邊射出，「咻咻！」劃過半空，有如一個巨大的漁網罩向阿爾戈號！

就在箭雨落下前的瞬間，哈拉回身飛撲過來，用牠龐大的身軀擋住大部分流箭。

「哈拉！」蘇菲大驚。

「快走！」哈拉再次向岸上的士兵俯衝。

蘇菲咬咬牙，回頭和水手一起奮臂砍斬。終於「霍」的一下，刀下最後一根纜繩應聲而斷，主錨終於被斬離船體。

「艾佛列！」蘇菲向船尾竭聲大喊，「**開船！**」

船帆在強風下迅即鼓滿，後甲板上的大副已

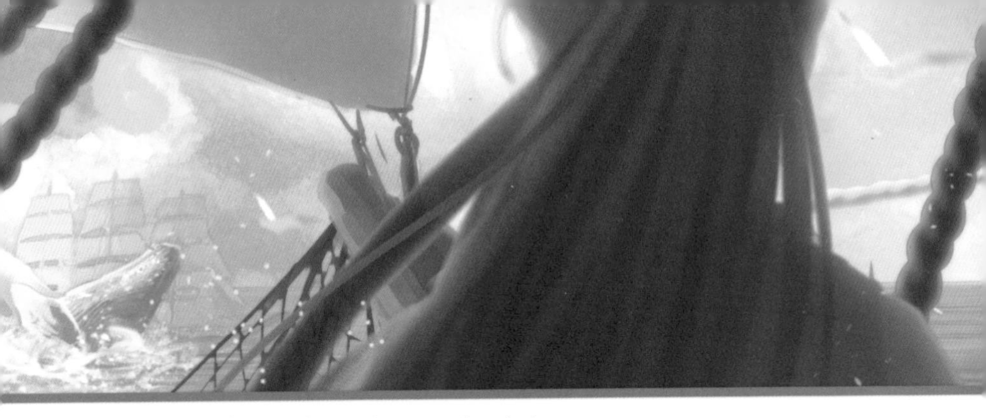

握穩手中的木舵輪全速啟航。

阿爾戈號筆直迎向已駛近的水軍，兩者距離愈來愈近。就在雙方進入彼此的射程範圍、火炮手準備點燃炮火的一剎那，卻傳來「嘩啦」一聲巨響，海面出其不意地噴出幾條雪白的水柱。

同一瞬間，在敵方船前有幾條巨大黝黑的尾鰭從水中冒出，並在半空甩動了一下，隨即又狠狠地拍向那些水軍的船身！

「是座頭鯨！」蘇菲和伙伴們驚喜地大叫。

幾條座頭鯨殺了對方一個措手不及，牠們出盡全力撞擊敵船，不一刻就把那幾艘船擊沉。

阿爾戈號的船員忍不住歡呼起來。

突然，岸邊傳來一聲洪亮的哀嚎。他們轉過頭一看，卻見哈拉已撞落到港口的土地上，那雪白的軀體飛化成千萬塊布碎，與揚起的塵土一起隨風消散。

蘇菲猛地衝向舷邊，朝市集的方向望去。鷹羣不知何時已悄然消失，天際間再無巨鷹蹤影。

她凝望遠方片刻，終於黯然地閉上雙眼。

世代的回憶

三天後，在亞斯克蘭城西的堡壘裏，一個奴僕捧着裝滿各色布料和羊毛線的銀盤子，走在幽暗的長廊上。掛在牆上的燈火明明滅滅，他

戰戰兢兢地走到長廊盡頭的房間前，聽到房間裏傳出激烈的爭吵聲。房門左右分別有兩個木無表情的士兵把守，右邊的士兵朝他打量幾眼後，才揮手示意他進房去。

「珀絲娜小姐，你需要的布和線已拿來了。」奴僕在門外揚聲道。

爭吵聲驟然停止。

「**進來！**」一個冷厲且帶着濃濃怒意的男聲回答。

奴僕推開門走進房間。在這個密不透風的小廳堂裏，一塊華麗而巨大的地氈鋪蓋在地上，幾乎佔滿了整個房間。

身穿白長袍的

珀絲娜跪在地氈上，正低着頭，默不作聲地往地氈空白的方格裏刺繡花紋。她手中的金線飛快地起落，在燈火照射下閃爍着微光。地氈的邊沿上點綴着流蘇和山巒般的三角形邊紋，中央則並列着一行行相同的方格，每格都以金線刺繡出不同花紋的圖案，如今只剩下一個方格留着空白。

巴札西站在珀絲娜旁邊，還有一個士兵沉默地守候在門的內側。奴僕惶恐地向巴札西行禮：「帕夏大人。」

「這都是甚麼？」巴札西指着奴僕手中的

盤子怒喝。

珀絲娜突然開聲：「難道你瞎了嗎？這都是我需要的材料。是你迫我繡這張**地氈**，讓你可以像狗一樣，**搖頭擺尾**地討好你的新主人——」

巴札西猝然起腳踢飛奴僕手中的盤子，「錚！」的一聲，布料和絲線滾散滿地。

「**滾出去！**」巴札西指着門口，奴僕急不及待地退了出去。

巴札西轉過頭對珀絲娜**厲聲喝罵**：「你說我是狗？那麼你和你母親比狗更愚蠢！我們本來可以利用鎮尼的力量來建立**豐功偉業**，你們卻甘願做織繡工人，每天重複繡着毫無意義的花紋！**無知！愚昧！**父親早該選我當族長，否則瑪吉達族也不至於淪落到今日這種境地！」

「像你這種人，根本不配做我們的族人！」珀絲娜抬頭憤怒地說。

「注意你的態度！我是你的長輩！」

「你只是一個卑劣的**背叛者！**」珀絲娜高聲反駁，「看看這張地氈，你甚至看不懂我在給你繡些甚麼，對嗎？這是我們瑪吉達族的

歷史！」

她揮手指向地氈上**密密麻麻**的金色紋樣：「上面每一個花紋都是歷代族長在繼位時所創造的**專屬徽章**！我可以說出每個徽章的創造者和它背後的意義——因為我們瑪吉達族就是這樣用刺繡來記錄我們的歷史！你認出空格旁那個**鷹形花紋**嗎？那是我母親的紋樣！哈！你當然甚麼都不知道！」

珀絲娜喘了口氣，**咬牙切齒**地說：「剛剛我說錯了。你哪會

是狗？狗尚且知恩圖報……巴札西，你連畜生都不如！」

「啪！」的一聲，巴札西狠狠甩了她一個耳光。他伸手扯住少女的髮絲，使勁把她拉到自己面前：「別和我說那麼多廢話！我再問你一次，莎莉曼還有甚麼詭計？我不信她會讓血脈斷絕！」

「我不知道！」

「我曾看到她和一個紅髮丫頭在一起，那丫頭到底是誰？」

珀絲娜厲聲道：「**不知道就是不知道！**」

「怎樣做才能繼承鎮尼的能力？」

珀絲娜抬首朝他臉上狠狠啐了一口口水。巴札西立時伸手擦掉，另一隻手猝然使勁把她甩摔到地上去！

「別挑戰我的耐性，否則我把你和那些

不知好歹的元老通通送去給莎莉曼作伴！」他指向站在門側的士兵，「你！繼續盯緊她！」

士兵慌忙彎腰行禮，巴札西怒極*拂袖而去*。房間的門再度被鎖上，士兵繼續立在原地，沉默地監視倒在地上的珀絲娜。

「*媽媽……媽媽……*」珀絲娜紅着眼，她從地氈撐起上半身，開始收拾地上散亂的東西。當她爬向士兵旁邊，伸手向那匹鋪蓋在地上的藍布時，赫然發現，有一隻手從布中伸了出來！

一個紅髮少女如游魚般從布中悄悄地探出上半身，與珀絲娜四目交投。當那頭奪目的紅髮映入眼簾時，珀絲娜忽然記起巴札西口中那個曾與母親在一起的「紅髮丫頭」，不禁睜大了眼。

紅髮少女「噓」的一聲，把食指抵在唇上，做了個噤聲的手勢。她——正是蘇菲。

「幹嗎停下來？」士兵語氣不善地問。

珀絲娜趕緊低下頭，裝作若無其事地繼

續收拾：「……沒甚麼。」

此時，蘇菲已從布中走出來，無聲無息地走到士兵背後，猝然一個手刀狠狠斬向其後頸，士兵雙眼一翻，馬上暈了過去。

「你是珀絲娜吧！」蘇菲轉向珀絲娜低聲問。

「是。」珀絲娜悄聲回答，「我看見你從布中出來……你認識我的母親嗎？是她讓你來的？」

蘇菲點點頭：「我叫蘇菲，來自阿爾戈海上鏢局，為你母親莎莉曼夫人託運而來。」

珀絲娜立刻激動起來，幾乎控制不住聲調：「母親她……她還活着嗎？巴札西說她死了，但他不肯讓我看她的遺體，我——」

蘇菲突然掀起左手手袖，展露出臂上的鷹形花紋，沉重地望向珀絲娜。珀絲娜怔怔地注視着那個血色的花紋，整個人顫抖起來。

「我知道……其實我早就知道……」珀絲娜雙手捂嘴，破碎的哽咽從她的指縫中漏出來，「我、我真希望這不是事實……」

「莎莉曼夫人讓我轉告你，她一直與你同在。」蘇菲安撫道，「我為你感到難過，但我們時間無多。正如你所見，夫人把她的血交託給我，說只要找到你，你就會知道怎樣完成血脈傳承。」

「是的，我知道……小時候，母親已經告訴過我。」珀絲娜說，「『傳承』需要我們血液交融。」

「……血液交融？」蘇菲皺了皺眉，「我不清楚這要怎麼做，但當務之急是把你和族中的元老救出去。」

「的確。但元老們都在地牢，那裏有不少

士兵把守——」

「我的同伴會帶來援軍，由他們負責救你的族人。」

「援軍？」

「對。巴札西公然背叛奧斯曼帝國，但帝國肯定不知情，否則也不會任由他在亞斯克蘭肆無忌憚地橫行。幾天前，阿爾戈號已連夜駛去鄰近的城市通報，市政府也表明不會坐視不理。我先行趕回來，多虧莎莉曼夫人的能力，我藏在布中探聽到不少消息，才得知你的位置。」

珀絲娜問：「所以，你們已有計劃？」

「對。我和同伴已約好夜襲，以兩短一長的號角聲為信號……」蘇菲拿出從船長處借來的懷錶看了一眼，「還有一個小時，為免巴札西擄走你一起逃跑，我先來帶你出去。」

「躲在布中出去？」珀絲娜問。

「對，我也是這樣進來的。」

「你的體力能支持再一次進入布的世界嗎？」珀絲娜擔憂地打量蘇菲略顯蒼白的臉，「每次使用這種能力都要付出相應代價——」

突然「砰！」的一聲巨響，緊閉的門已被人狠狠地踹開，蘇菲急忙護着珀絲娜連連後退幾步。

來者竟是巴札西，他正領着一小隊士兵堵在門口，陰狠地打量着蘇菲兩人，並冷笑道：「士兵通報說房內好像有古怪的聲音，我就知道有些膽怯的小老鼠只敢挑沒人在的時候才會溜出來——」

巴札西猛地拔刀砍向蘇菲，同時大聲命令：「上！把這個紅毛丫頭給我拿下！」

數個士兵隨即一擁而上，但珀絲娜已大喝一聲衝前，只見她用手肘使勁頂向帶頭士兵的腹部，一手便把對方手中的長刀奪了過來！

珀絲娜揮舞着手中的長刀，一口氣便解決

了幾個敵人。正當她回身去支援蘇菲時，看到正在與巴札西交手的蘇菲身後，有一個士兵正舉刀劈向她！

珀絲娜立即大喊：「**蘇菲！背後——**」

蘇菲頓時警覺，旋身避過從背後偷襲的利刃，怎料她眼前驟然一陣花白，***體力不支***地往旁踉蹌了幾步。巴札西瞄準時機，揮刀向蘇菲胸口橫劈過去！

「**蘇菲——**」珀絲娜驚叫。

危急中，蘇菲舉起左手一擋，只聞「霍」的

一聲響起，利刃已割破她左臂的鷹紋，鮮血汩汩滴下。

巴札西一個箭步，從後把刀橫架在蘇菲的咽喉上，並朝珀絲娜厲喝：「別動！丟下你的武器！」他的刀鋒也隨之使勁一壓，在蘇菲喉間割出一條血痕。

珀絲娜狠狠地望向巴札西，把手中的刀「錚！」的一下丟到地上。

「很好。」巴札西冷笑，「說！莎莉曼是不是把甚麼交給了這條異族毒蛇？」

蘇菲和珀絲娜都抿唇不語，巴札西的臉色霍地一沉：「別給我耍花樣！我有方法讓你們開口，比如——」

他揮刀又在蘇菲的手臂上劃出另一道深深的傷口，蘇菲頓時一晃，卻沒發出聲音，鮮血已幾乎染紅了她整個袖子。

「**巴札西！**」珀絲娜厲聲怒號。

「我再給你們一次機會。否則讓人活着受罪的法子多的是——」

巴札西再度揮刀。

就在刀光落下的千鈞一髮之際，只見珀絲娜拚盡全力衝前，徒手攫住了巴札西的刀鋒！鮮血從她攫着刀的指縫間湧出，刀刃混上了蘇菲和珀絲娜的血，正「滴滴答答」地落下。

電光石火間，蘇菲旋身一轉，已拔出匕首抵在巴札西頸上。

「巴札西！」珀絲娜從齒縫中擠出聲音，「世上一切不會總如你意！」

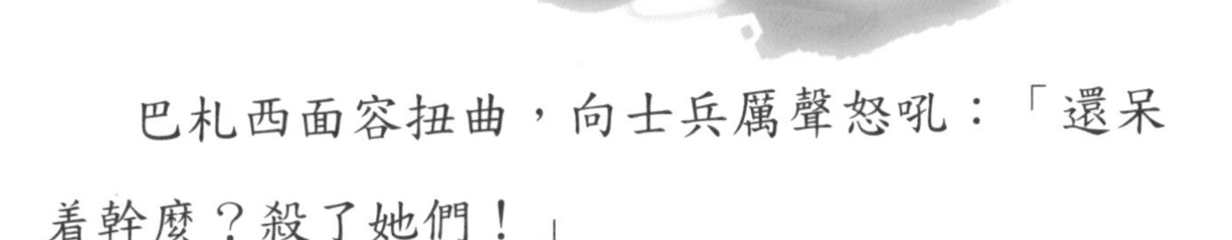

巴札西面容扭曲，向士兵厲聲怒吼：「還呆着幹麼？殺了她們！」

士兵們如夢初醒，迅即舉刀朝蘇菲二人斬去。此時，巴札西刀上的血痕與地上的一小灘血跡竟凌空飄起，化為兩條絲線在空中旋轉交融，瞬間已織成一個猶如**雙獅並立**的圖案，並竄進房間中央的地氈，填充了氈上最後的空格。

用鮮血織成的雙獅圖案在格中赫然成形，同

一時間，地氈和珀絲娜身上爆射出陣陣**強烈的金光**，令整個房間充滿白日強光！

士兵們都大驚失色，

匪夷所思的景象令他們方寸大亂。

「『血液交融』……原來這就是**『血脈傳承』**！」蘇菲驚喜地大叫，「珀絲娜，你的徽章就是雙獅嗎？」

巴札西趁蘇菲手一鬆，立即掙脫她的匕首，並轉身舉刀砍向蘇菲的肩膀！與此同時，一道閃着金光的人影猛地從地氈裏躍身而出，

「錚！」的一聲擋住巴札西凌厲的刀勢！

「怎、怎麼可能！」巴札西看清來人後，整張臉刷地變得慘白，「莎、莎莉曼？你明明已經死了——」

「的確。但我的精神不滅，長存於瑪吉達族代代相傳的血脈與記憶中！」身穿黑大袍的婦人冷聲回答。

來者竟就是早已身亡的莎莉曼！

「**不可能——這種事不可能！**」

「我是珀絲娜召喚而來的。每任瑪吉達族族長繼位時，都會挑選一件織繡品並施展鎮尼之力，召喚布中之物現形。」莎莉曼朝巴札西*步步進逼*，「珀絲娜挑選的，就是你眼前這張繡上我族故鄉景色和祖先徽章的地氈——巴札西，這都曾是你**棄如敝屣**、並親手摧毀的東西！」

巴札西嚇得連連退後。

這個時候，四周突然急速幻變，剎那間，他們已不在那個密不透風的牢房裏，而是處身於一片**無邊無際**的廣闊大地上！

只見地氈邊沿上的三角形邊紋化為遠方**連綿的山脈**，地氈中央的各個金色徽章則化為一個個在光中傲立的人影。

蘇菲驚奇地問：「他們是……？」

「都是我召喚來的**歷代瑪吉達族族長**。」珀絲娜含淚說，「他們是屬於瑪吉達族人的古老記憶，是族中老人口中的傳奇故事，是我童年時的憧憬和嚮往……是我心中**永恆不滅**的**錦繡山河**。」

他們是屬於
瑪吉達族人的
古老記憶，

是族中老人
口中的
傳奇故事，

是我心中
永恆不滅的
錦繡山河。

是我童年時的
憧憬和嚮往……

金光中，莎莉曼溫柔地凝視着珀絲娜和蘇菲，目光中充滿慈愛。

「**轟隆！**」

炮火聲驟然從遠方響起，驚醒了被異象嚇得目瞪口呆的巴札西和他的士兵們。巴札西全身打了一個激靈：「——**是敵襲！**」

他憤恨地怒視蘇菲一眼，又恐懼地瞥了瞥莎莉曼和那些祖先英靈，然後朝身邊的士兵厲聲命令：「馬上撤走！」旋即他便帶着一眾士兵迅速地跑向炮火傳來的方向。

兩短一長的號角聲緊隨而至，蘇菲大叫：「是艾佛列和鐵塔他們帶着援軍來了！」

她轉頭對珀絲娜說：「**機不可失！**讓我們和援軍**裏應外合**，現在就去解救你的族人！」

珀絲娜點點頭，重新執起丟在地上的刀，並向莎莉曼說：「媽媽，最後一次，與我**並肩作戰**！」

莎莉曼粲然一笑：「**我一直與你同在。**」

瑪吉達族的祖先齊齊拔刀向天，明晃晃的刀光在艷陽下閃爍。他們呼聲震天，跟隨蘇菲與珀絲娜一起俯衝向前：「**——為了瑪吉達！**」

錦繡山河

亞斯克蘭的攻防戰終於在翌日黎明落幕。

奧斯曼帝國軍聯同阿爾戈號的船員，成功擊破叛軍防線，把城中的反叛者**一網打盡**。

「——除了那瘋子巴札西。他帶着一隊侍衛不知逃到哪裏去了。」船長咬牙切齒，不慎牽動腰上的傷口，「嘶嘶」地倒抽涼氣，「他打的那槍真痛！這筆賬船長我記住了！等我再見到他——」

「船長，拜託你就少折騰吧，那天你撿回一條命已是萬幸。」大副無奈地打斷他的話。

大副接過水手長遞來的紗布，為蘇菲包紮好手臂上的傷口後，道：「現在我們幾個先去善後。蘇菲你也累了，在這休息一下吧？」

蘇菲笑着點點頭。她目送大副幾個人離去，又轉頭望向站在港口前的珀絲娜和瑪吉達族人，祖先金色的身影圍繞着他們，似乎在最後話別。

這是一場漂亮的勝仗，但對家破人亡的瑪吉達族來說，再輝煌的戰果都無補於事。如今，那些倖存者都帶着滄桑而哀傷的目光望向大海，彷彿那裏有他們不復存在的故鄉。

莎莉曼和珀絲娜在人羣中回頭，蘇菲與她們的視線在半空相接。她們向蘇菲深深地鞠躬行禮，不一刻，莎莉曼的身影在空氣中逐漸淡化，隨同瑪吉達族祖先的英靈飛散在朝暉中。

蘇菲喉頭哽咽，一時竟說不出話來。

「蘇菲。」珀絲娜向她走過來，「我們決定回家了，我來向你道別。」

「回家？」蘇菲想了想，「你們要回去重建瑪吉達族的家園嗎？」

「對。我們會哀悼失去的一切，但最好的悼念，就是創建更美好的錦繡山河……這也是我身為族長的責任與義務。」珀絲娜頓了一下，「蘇菲，我想成為族人的希望。」

蘇菲凝視新任的女族長，只見她目光爍爍，

彷如海上破曉的朝陽。

「你已經是了，你就是他們心中最美的錦繡山河。」蘇菲柔聲回答。

珀絲娜聞言，在陽光中粲然一笑，與她的母親如出一轍。

「瑪吉達族欠阿爾戈號一個恩情。」女族長握拳用力抵在心口，「我與族人都銘記於心。」

蘇菲搖搖頭：「比起恩情，我更願意稱呼那

為『友情』。」

「當然！你將是我一生的摯友！」

珀絲娜的聲音沙啞，她小心翼翼地避過蘇菲的傷口，給了紅髮少女一個緊緊的擁抱。蘇菲舉起手，也用力把她擁進懷中。

「我一定會很想念你。」珀絲娜輕輕地說，「接下來你要到哪裏去？」

「我也要回家了。」

「回家？」

「嗯。」

蘇菲指向另一邊。那裏，**阿爾戈號**正安靜地停泊在港口前，船上的甲板人影綽綽，隱約可見大副等人正在上面忙碌地工作。

她對珀絲娜粲然笑道：「**那就是我的家。**」

《錦繡山河》完

兒童的學習

《蘇菲的奇幻之航》於《兒童的學習》中連載！

第 1 期

書籍風貌

第 2 期

破解福爾摩斯之謎①

第 3 期

潛入博物館

第 4 期

玩轉科學遊樂場

第 5 期

魔術王國的考驗

第 6 期

聖火之賊

第 7 期

透視世界

第 8 期

玩具大戰

第 9 期

金錢的神奇魔力

第 10 期

文具小秘密

第 11 期

環遊世界過新年

第 12 期

破解福爾摩斯之謎②

第 13 期

從生產到零售

第 14 期

圖書館

第 15 期

寵物的誕生

第 16 期

銀幕背後

第 17 期

生病的秘密

第 18 期

漂亮有趣的垃圾

網上選購方便快捷！

請登入網上書店
www.rightman.net
購物貨款滿HK$100，
本地運費全免。

如欲參閱每期《兒童的學習》，
請瀏覽 www.children-learning.net

1 追兇20年

福爾摩斯根據兇手留下的血字、煙灰和鞋印等蛛絲馬跡，智破空屋命案！

2 四個神秘的簽名

一張「四個簽名」的神秘字條，令福爾摩斯和華生陷於最兇險的境地！

3 肥鵝與藍寶石

失竊藍寶石竟與一隻肥鵝有關？福爾摩斯略施小計，讓盜寶賊無所遁形！

4 花斑帶奇案

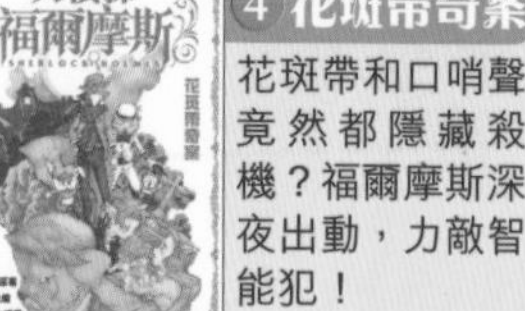

花斑帶和口哨聲竟然都隱藏殺機？福爾摩斯深夜出動，力敵智能犯！

5 銀星神駒失蹤案

名駒失蹤，練馬師被殺，福爾摩斯找出兇手卻不能拘捕，原因何在？

6 乞丐與紳士

紳士離奇失蹤，乞丐涉嫌殺人，身份懸殊的兩人如何扯上關係？

7 六個拿破崙

狂徒破壞拿破崙塑像並引發命案，其目的何在？福爾摩斯深入調查，發現當中另有驚人秘密！

8 驚天大劫案

當鋪老闆誤墮神秘同盟會騙局，大偵探明查暗訪破解案中案！

9 密函失竊案

外國政要密函離奇失竊，神探捲入間諜血案旋渦，發現幕後原來另有「黑手」！

10 自行車怪客

美女被自行車怪客跟蹤，後來更在荒僻小徑上人間蒸發，福爾摩斯如何救人？

11 魂斷雷神橋

富豪之妻被殺，家庭教師受嫌，大偵探破解謎團，卻墮入兇手設下的陷阱？

12 智救李大猩

李大猩和小兔子被擄，福爾摩斯如何營救？三個短篇各自各精彩！

13 吸血鬼之謎

古墓發生離奇命案，女嬰頸上傷口引發吸血殭屍復活恐慌，真相究竟是……？

14 縱火犯與女巫

縱火犯作惡、女巫妖言惑眾、愛麗絲妙計慶生日，三個短篇大放異彩！

15 近視眼殺人兇手

大好青年死於教授書房，一副金絲眼鏡竟然暴露兇手神秘身份？

16 奪命的結晶

一個麵包、一堆數字、一杯咖啡，帶出三個案情峰迴路轉的短篇故事！

17 史上最強的女敵手

為了一張相片，怪盜羅蘋、美艷歌手和蒙面國王競相爭奪，箇中有何秘密？

18 逃獄大追捕

騙子馬奇逃獄，福爾摩斯識破其巧妙的越獄方法，並攀越雪山展開大追捕！

19 瀕死的大偵探

黑死病肆虐倫敦，大偵探也不幸染病，但病菌殺人的背後竟隱藏着可怕的內情！

20 西部大決鬥

黑幫橫行美國西部小鎮，七兄弟聯手對抗卻誤墮敵人陷阱，神秘槍客出手相助引發大決鬥！

21 蜜蜂謀殺案

蜜蜂突然集體斃命，死因何在？空中懸頭，是魔術還是不祥預兆？兩宗奇案挑戰福爾摩斯推理極限！

22 連環失蹤大探案

退役軍人和私家偵探連環失蹤，福爾摩斯出手調查，揭開兩宗環環相扣的大失蹤之謎！

23 幽靈的哭泣

老富豪被殺，地上留下血字「phantom cry」（幽靈哭泣），究竟有何所指？

24 女明星謀殺案

英國著名女星連人帶車墮崖身亡，是交通意外還是血腥謀殺？美麗的佈景背後竟隱藏殺機！

25 指紋會說話

詞典失竊，原本是線索的指紋，卻成為破案的最大障礙！此案更勾起大偵探兒時的回憶，少年福爾摩斯首度登場！

26 米字旗殺人事件

福爾摩斯被捲入M博士炸彈勒索案，為嚴懲奸黨，更被逼使出借刀殺人之計！

27 空中的悲劇

馬戲團接連發生飛人失手意外，三個疑兇逐一登場認罪，大偵探如何判別誰是兇手？

28 兇手的倒影

狐格森身陷囹圄！他殺了人？還是遭人陷害？福爾摩斯為救好友，智擒真兇！

29 美麗的兇器

記者調查貓隻集體自殺時人間蒸發，大偵探明查暗訪，與財雄勢大的幕後黑手鬥智鬥力！

30 無聲的呼喚

不肯說話的女孩目睹兇案經過，大偵探從其日記查出真相，卻使真兇再動殺機，令女孩身陷險境！

31 沉默的母親

福爾摩斯受託尋人，卻發現失蹤者與昔日的兇殺懸案有千絲萬縷的關係，到底真相是……？

32 逃獄大追捕II

刀疤熊藉大爆炸趁機逃獄，更擄走騙子馬奇的女兒，大偵探如何救出人質？

33 野性的報復

三個短篇，三個難題，且看福爾摩斯如何憑一個圖表、一根蠟燭和一個植物標本解決疑案！

34 美味的殺意

倫敦爆發大頭嬰疾患風波，奶品廠經理與化驗員相繼失蹤，兩者有何關連？大偵探誓要查出真相！

死亡遊戲(特別版)

M博士送來一本書，福爾摩斯從中得悉夏普被擄！究竟大偵探如何憑各種線索，救出人質？
(內附精美匙扣乙個。)

35 速度的魔咒

單車手比賽時暴斃，獨居女子上吊身亡，大偵探發現兩者關係殊深，究竟當中有何內情？

36 吸血鬼之謎II

德古拉家族墓地再現吸血鬼傳聞，福爾摩斯等人為解疑團，重訪故地，究竟真相為何？

37 太陽的證詞

天文學教授觀測日環食時身亡，大偵探從中找出蛛絲馬跡，誓要抓到狡猾的兇手！

38 幽靈的哭泣II

一大屋發生婆媳兇殺案，兩年後大屋對面的叢林中更有人慘遭殺害。究竟兩宗兇案有何關連？

四字成語101

通過成語小遊戲和豐富例句，可學懂相關成語多達428個！隨書附送精美人物貼紙一張。

常識大百科x四字成語

兩者合二為一，書中全新收錄51個小知識和50個成語，助你增強科學和語文的能力！

大偵探福爾摩斯資料大全

當中收錄有關福爾摩斯各種資料，令你更了解福爾摩斯！

著•繪／燕男　　監製／厲河

總編輯／陳秉坤　編輯／盧冠麟、郭天寶、黎慧嫻

封面設計／葉承志　內文設計／麥國龍

出版
匯識教育有限公司
香港柴灣祥利街9號祥利工業大廈2樓A室

想看《蘇菲的奇幻之航》的
最新消息或發表你的意見，
請登入以下facebook專頁網址。
https://www.facebook.com/clhk2016/

承印
天虹印刷有限公司
香港九龍新蒲崗大有街26-28號3-4樓

發行
同德書報有限公司
九龍官塘大業街34號楊耀松（第五）工業大廈地下
電話：(852)3551 3388　傳真：(852)3551 3300

第二次印刷發行　2017年8月

ISBN:978-988-77493-3-2
港幣定價 HK$60
台幣定價 NT$270

若發現本書缺頁或破損，
請致電25158787與本社聯絡。